연 서
戀 書

김항신 시집

한그루 시선

戀書 연서

한그루

김항신 시집

아리고 아팠던 것들
심사숙고하여 61편의 졸시
세 번째 닻을 올린다.

자판기 선율 따라
무언의 손짓으로 안무를 하고
모노드라마 되어 무대에 올려질 때
묶어뒀던 활자들이 하르르 웃고 있다.
걸어온 발자취만큼 아팠을 인생살이

막이 내리면 공허감이 밀려온다.
그 공허함은 다시 무대를 향해 무언의 손짓을 한다.
아직 끝이 아님을….

- 2024년 5월, 연서를 엮으며

차
례

제1부

연분홍 연서
바다에 날리며

별풀꽃

풀벌레 초롱초롱 빛나는 별들의 고향
별나라 가면 어떤 세상 바라보며 고향 이룰까
저들처럼 나도 어느 꽃들과 외롭지 않은 별이고 싶어

소나기

오늘처럼 빗물이 쏟아지는
날이었지

늦은 아침이었어 아마
아홉 살 단발머리 소녀가
소쿠리 옆에 끼고 호미 들고
아랫집 옥실이 복실이 불러내
달래 줍고
냉이 캐며
장상 밧디 물 글람저 재기 글라
흔 저가게
철 만난 세상 되었던 청개구리들

얼른 와서 밥도 하고
샛드리물 질어다* 물항에 채워야지
마음먹고 나갔던 장상 밭길
쏟아지는 소낙비에 냉이도 둥둥
소쿠리도 둥둥 물먹은 생쥐처럼

혼자 다 한 것처럼 하던 날
어머니 질타에 소나기 쏟아지던
그날이 문득

＊　물을 ‘길어다’의 제주어.

샛두리물*
- 복 먹는 날

낭만 따라 스며든 고향 포구
샛두리물

삼화 포구 옆
NOAH 카페에 들어
순하디순한 아메리카노와
달곰한 반숙 하나와
오규원의 '사랑의 감옥' 덤으로 얹었다

백중 끝이라
물은 수위에 올라 넘실거리고
해영과 90-MB 1057이 나를 부르고
상일이와 친구들도 예외는 아니라고
배들도 화답하듯 출렁인다

야호~~!!!

물살 뚫고 다이빙하는

낭만들에 환호
영원할 것만 같은 함성은
오늘도
예외 없이
샛ᄃ리에 선창한다

얼마나 좋을까

내년 이맘때면 다시 찾을 푸른 청춘의
덫
용천수

* 삼양1동 포구.

항구의 연정 1

1. 연서

연분홍 우정 다지던 날
부푼 꿈 연락선 따라 도착한
항구의 도시 영도
물 내음 묻어나는 낯선 포구
해장국 냄새에 속을 달랜다

파리상회는 파리에서 공수한 차들로
주섬주섬 담아내다 말고
시원치 않으면 내려오라던 누이
따뜻한 차 한잔에 녹여보는 시간
그래도 그럴 수 없는 마음이라는 걸 알기에
뭍 가시나 겁 없이
용기 무쌍하기는 하늘의 별도 따겠네

망망대해 던져진 몸
혼자 김 서방 찾아가는 마음 이런 거였어

달라붙은 사내놈
파출소 앞에 떼어 내고
삼십육계 지리던 진짜 이런 게
서울 김 서방 찾기였나

만나기 쉽지 않은 섬의 여자
여기도 산 저기도 산
바다도 없어 고향 생각 날 부를 때

우정으로 다지던 어느 날
연분홍 연서 바다에 날리며
충청도 가인 눈에 들던
대서리* 연정
사람 좋고 잘나면 뭐하겠나
작별의 연서 접던 날
목포행 열차에 마음 실은

2. 서울의 달

누구는 별빛 머무는 언덕이라 했나
달빛 머물다 가던
그날 밤
그녀의 서울 밤은
미래 꿈이라는 희망 품고
상경한 여신들 함께했던 생경한 날
서울의 달이나 충청의 달
부산의 달이나 제주 달빛은 같아서
그녀의 마음이나 내 마음 다를 게 없었던 날 밤
마음은 이미 정해진 숙명처럼
너는 대방동에서 나는 천호동에서 달맞이하던 그곳

지금 사십여 년 지나 궁금해지는 달빛 머무는 언덕

* 추자도 마을 지명.

영주산 넋두리

처음 실은 별이 반짝이며 인사를 했다
두 번째 실어내며 흔들거렸다
세 번째 나루 포구에 물이 오른다

설레는 마음 애환과 슬픔, 토장처럼 구수하고 맛깔
스러운 그만의 잣대로 잠을 자다가, 시를 읽다가 에
헤라 나는 그래도 신명 나게 써보는데 에헤라 눈팅만
하는 건지 시야가 좁은 건지, 도통 감각들이 없어 하
기사 내 주변에는 글쟁이들이 없어 그렇다 치자 하기
사 눈길조차 없었는데 별수 있나 그래도 전국을 누비
고 나르는데

언젠가 쥐구멍에 볕 들 날 안 있겠나 하모야 있지

열매

그게 무엇이더냐
작은 열매라 하옵니다
허 참
야릇하게 생겼도다
허연 것이 촐촐거리누나
예 그러하옵니다
자녀를 수태하여 출산허민
어미젖이 시원치 않을 적에
받아
먹이기도 하옵니다
허어

귀하디 귀한 '천선과나무'

여봐라
………………,

이리하야 과실이 부실한

해변가 중심으로 씨를 뿌렸다는디

오널날 말헐 거 같으면
만덕 길 조금 오르다 보면
사봉 길에도 와랑와랑
별도 틈에도 그 영 푼드그랑ᄒ게
돌아정 선게마는

저어기 거로 삼거리
작은 돌 틈엔
제비 똥에서 난 거 닮댄 ᄒ는디양
그게
시방 이왁으론
작은 무화과랜 ᄀ읍디다

뎜뼈 해장국

몸과 마음 만나 한몸으로
들어가는 것

시퍼런 바닷속 유영하다
탁 끊긴 하루
너의 곰삭음이 어느 몸속으로
들어갈 때 다시 또
탁발 소리와 함께 사리를 만든다

뼈들의 아침, 천년의 세월 따라 어느
지구에 착지하여 펄펄 날던 몸 뼈들이
뚝- 휘어지는 날 서는 새벽녘, 곰삭듯
젖어 드는 등줄기 신음

뼈들은
다른 생을 위하여 자기를
내어준다
생 앞에 내어주는 육바라밀 화엄,

보시를 한다

죽비소리 마음에 새긴다

비움의 미학

가볍다는 것은 내려옴이다

가을 연서의 반가움은
가을 벤치에 앉아
마음을 읽는 것

별들의 고향 꿈꾸듯
미지 찾아갔다가
다시
오듯

한잔 술에 가슴 녹이며
지난날 시향에 젖어보는
샤브돈* 의 밤거리

가볍다는 것은 그렇게
비움인 것
그냥

무덤덤하게
이렇게 조용히
다음을 위해 여행하듯

마음의 안식과 평온함이
어느 성경 말씀 빌리듯
세상사 맞는 이치의 해석

이젠, 그냥 두렵지 않은
날들이라 여기는 행간에
마음을 읽는다

*   제주시 도남동 식당.

비자림 콘서트
- 동백의 하루

화려한 동백들의 향연
코로나 팬데믹 끼고 우리는 걸었다
얼마 만에 와본 숲이던가

우린 자연스레 자리를 잡아
한 곡 한 곡 낭송이 이어지고

팔공 시대, 이루지 못했던
남녀의 사랑이
'아침 편지'로
촉촉이 가슴 적시던 시절

그 시린 사연이

비자림 숲에서
목멘
울음으로
향연 불러낼 때

우리는

'사랑이여'를 부른다

약속이나 한 듯

선율은

'비자림'에 빛을 발한다

영원한 동백의 세레나데

아이리시 커피

돌담길 에돌아 난간에
올라서니
오묘한 향기 코끝에 스미는구나

정갈한 서재, 눈발에 유혹하는
시나브로 연정淵靜이라

램프의 타오르는 불꽃은
투명한 두 볼에 홍조를 보내고

오묘한 그 향이 무엇인가
했더니

아이리시, 라구요

따뜻하게 내리쬐는
난간 모퉁이 때 이른 철쭉, 너의
오묘함이 詩샘에 빠지니 하- 일장춘몽이라

칠게*

게는 세상이 질척질척해서
진흙 뻘에 산다는 말

쳐다보면
숨죽여 부둥킨다
선택되지 않길 바라는
것처럼

몇백 원 차이로 수북한
것들

쌍 눈으로 바라보며
갯벌에 산다는 게들이
저들도 살고 싶어
얼마나
바동거렸을까

질퍽하고 매끄러운

개흙 뒤집어쓰면

피부도 찰게 고왔을 것들

수경 매달아

세상 바라본 행복했던 마음 알까

사는 법은 다 거기서 거기

인사동에서

1.

만추의 계절이었을 거야
오랜만에 머리 웨이브도
날렸더랬어

짧은 말미, 주어진 여가는
짧은 가방, 등에 얹어 시인의
길에 물들어 봤지 아마

황혼 블루스 날리며
완경에 물드는 거리였던 거
같아 아마도 그랬어

김향아 미완성은 아직
끝나지 않은 진행형이었지

날 설던 지난날

반추해 보는
인사동 쌈지길

목마름 휘날리던
옛 시인들 거리

천상병 시인 '귀천'에
들어 잠시 머물렀더랬지

2.

언제 한번 또 올 일이 있을까
내 생전 잠시 스치던 날 있었겠다
막내 유학길에 상경한 그때

아득히 먼 후일
곰삭아 익어가던

푸른 청춘의
덫
곱단이와 상경하던 그날
정기검진 받던 그날이었어

나만큼이나 글쟁이가 꿈같았던
아픈 첫손가락
생애 최선을 위해 다잡던
마음 한데 모을 때
후회 같지 않은 삶 다독이는
행위의 길목에서

쌈지길 노을에 젖어

처서

참 더웠다

소슬바람 다가서려다
때가 아닌 듯
물러설 줄 모르는 발악은
바닥을 쓴다

모처럼
귀뚜리 요란하다

마당에도
별도에도

정화되는 새벽은
나를 깨운다

계절은 이렇게 살아

25도 차로 걸어오는 사봉 길

다시
못 올 것 같던 인생길에
나를 반추한다

제2부

마음의
풍금을 연다

영혼의 별

튀르키예 밤하늘
쏟아지는 별들 위로
우주별 하나 보내고
여섯은 가네

내전만큼이나 할 말은
많아도 할 말을 잃게 하는
우주의 법칙

여자는 약하나
어머니는
위대하다는 말은

조물주는 '나'를 키운다, 는
어머니의 강인력

닭 먹는 날

오늘은 초복이라 했던가
해마다 연례행사 돼버린 지금
오늘도 내일도 삼복더위 먹는다고

이제 칠십 리 달리는 선두 마차,
육십 갑자 넘어 뒤쫓는
내자에게 귀 터졌다고 그러시나
저녁 끝난 딸내미 불러서 하는 소리
나 들으라 저러시나

예 예 하면서도 못 먹어 굶어 죽지 않건마는
그놈의 먹는 욕심 칠십 고개 넘다 보니
힘에 부쳐 그러시나
어릴 적 그때 그리워 저러시나

나 어릴 적 다섯 살 밥 기리던 시절
마당에 뛰놀다 우영팟 휘 갈다
저녁이면 회에 올라 올빼미 잠자다가도

굴묵* 망우리에 빙애기 품던 닭 한 마리
유월 스무날 되면 길러준 은공으로
보시하던 엄니 닭순이

순전히 아버지겠지만
도란도란 양은 밥상에
닭죽 한 사발 먹을 때면
애야! 모가지는 먹지 말라시던
노래도 잘 부른다던데
이왁** 도 서 나신디

아! 보고 싶은

* 제주의 전통적인 난방시설.
** '이야기'의 제주어.

가위손

소싯적엔 어머니가 단발을 해주셨는데요
말 그대로 사발 머리요

상상되나요

화롯불에 젓가락 달구어
파마머리 뱅뱅 말던 모습

생각나요

그래도요
아이고 저 집 딸들은 다 고와 이
그랬다는데

어머니만큼일 때요
딸 아들 신랑 머리까지 했거든요
복고풍 머리요

상상되시지요

애들 머리는 곱다면서도
아들 머리는 요샛말로 거 뭐라 했는데

마지막 탐방길
- 사라지는 것들에 대한

꾸역꾸역 등짐 나르던 때 있었다

아버지 상엿소리 듣던 어린 날

등심은 땀샘에서 눈물샘으로 후볐다
양 날개 지탱하기 위한 등뼈들이
짊어진 조코고리* 무게에 땅심은
ㄱ억자를 만든다
앞서거니 뒤서거니 엄마 오리 새끼 오리
뒤뚱뒤뚱 열 걸음 다섯 걸음
어미는 새끼 바라보며 뒤에서 관찰하는데
도저히 견딜 수 없던 인내는 양심을 팔아
"아저씨 등짐 같이 실어다 주세요" 하던
어린것

여름이면 뙤약볕에서 검질 매고
감저 심고
조 심어 나르던 그 시절 두 마지기 밧,**

지금

내 나이 석양 물결에 같이 사라져 가는
아버지 탁주 만들던 좁쌀,
어머니 손으로 빗던 오메기 숨 고르던
고팡에서 술지게미 익는 소리가

어린 맛 깨우던
아버지 글 읽는 소리가
아득히 멀어져 가는 것에 대한

*　조 이삭.
**　밭.

살레칭 밧

원당봉 자락에
살레 살레 층이 있어
살레칭이라 했을까

둘레길 지나다 보니
원당사 절
아직도
가부좌 틀고 있네

어머니 일 가시고 나면
아버지 등에 동생이 있고
아버지 손에 내가 있을 때
울담 돌아 살레칭으로
참외 도둑 내모시던
아슴아슴 아리던 자리

아버지 상여 원당사 잠시 돌아
설기떡 층층 설상에 올리던

공양주 아직 함께인 듯
눈에 아림은

궹이진 손
밧 늘리며
일용할 양식 조 보리 감저 심던
살레칭 밧

츰웨 맛도 참 좋았는데

연리지 사랑

아가야

얼마나 아팠을까
울음으로 경기하며 아프다고 할 때
아무것도 몰라서가 아닌데
알아듣지 못했을까 철딱서니 없는 것들
부모의 무모한 행동으로 생, 내려놓으려 할
때
얼마나 힘들었을까

연리지 되어 우주에서 찾아온
아가별
열흘간 젖은 달았을까

기억조차 없는 아차와 찰나의
행복이던 사랑은 나락으로 떨어져
나흘간
긴 사투, 그 아픔 그렇게

연리지로 끌어당기고 싶었을
아름다운 세상, 두루 보고 싶어 했을
아가

아리도록 아픈 아가야
다음 생은 사랑 가득 품은 그런
연리지 되어

의자

사랏길 걷다 힘에 부칠 때
앉고 싶어지는 고마운 의자
풀밭이어도
돌담이어도
이제야 그랬다 모든 게 의자로
보인다는 것을

그때 할머니 모습에서
아버지 모습에서
어머니도 그랬겠다
나처럼 이렇게

허리 엉덩이 다리에 붙이고
샛ㄷ리물 길러 다닐 때
둠벙이 내川 빨래하러 다닐 때
할머니도 그랬겠다
나처럼 이렇게

별나라 소풍 길 가다
할머니와 아버지 어머니 만나면
그때
그렇게 앉고 싶다

의자, 너처럼

손주와 할미꽃

고사리손이 고사리 땄다네

종갓집 할미꽃 따라나선 오뉘 강생이
그 할매 자손 아니랄까
기특하여라

종손 집은 종손 집인겨
암만 이제부터 맛을 보여야제
수데폰만 만지작거리믄 돼간디

내 강아지덜 춤말로 좋았겠다
망아지덜 추룩 촐 왓디 튀멍
얼마나 좋았다냐 브라보인겨

채원이 서준이 아주 잘했어

열매

- 딸의 결혼을 축하하며

사람과 사람 사이
관계로 맺으며

순백의 드레스처럼
맑은 영혼의 날이
영원히 지속하길 바라는
엄마의 염원 담아
너를 보낸다

사랑하는 딸아
언제나 맑고 밝게
가시밭길 혹은 자갈길이 온다 해도
그 여정, 지혜롭게 헤쳐나가는
그런 내 딸이 되어라

언제나 온유하며 사랑하며
사랑하는 아내로
사랑하는 남편으로

다정하게 따뜻하게 다가서는

그런 부부가 되기를

그런 부모가 되기를

그런 자식이 되기를

축복이 함께하는

사랑하는 딸아…

빗소리

마음의 풍금을 연다
노래비 흐르는 언덕길 따라
두 손 꼬오옥 잡고 걸어가는
엄마와 아들
음률 타고 들려오는
속삭임

엄마 나는 비 오는 날이 좋더라
왜
빗소리가 그냥 좋아서요
어깨에 톡톡 떨어지는
이 소리가 그냥 좋아서요
그렇구나

애야!
너는 커서 시인이 될 거야

벌랑 포구

어머니 큰 울음 알리며
세상에 나오던 곳

외할아버지
함흥에서 청진 바다 나들며
고기 실어 나르던 포구

아들 여섯 딸 셋

물이 좋아 찾아온 새색시 마을*
다소곳이 머물던 할머니 자리에
시홍 시종 시열 시영 그리고
순자 아버지와 의사 아들 이모까지 업고 키운
내 어머니 등 마를 날 없으시던
꽃 진 자리

거문여 버렁 사근여** 에
만선 휘날리며 귀향한

고,

장 감 찬 구십삼 세 외할아버지

둠벵이 건너면 새각시물

생각나

석양에 젖어
- 자화상

부모는
만삭인 몸으로 둥지를 틀었다
그 둥지에 배곯은 돌멩이 얹혀 있다

못 먹어도 배는 불러
쥐방울처럼 작았다던 태둥이
물먹은 백 ㅂ 름* 채 마르기도 전
거적때기 덮어뒀던 구석진 방에
돌덩이처럼 언 피 녹이며
꼼지락거렸을 상아
너는 모르고 나는 주워들었던 세월,

상록수를 넘기던
지란지교** 는 어디로 갔는지
세월은
주야장천 덧없이 지지고 볶다
이제
석양 물결에 젖어보는 시간

때 되면

다시 부모 만날까

---

*   바람벽, 방 안의 벽.

** 유안진의 에세이에서 차용.

제3부
_____

볼 붉은
선율에 맞춰

바다, 너에게로

해안 길 걷다 속울음 터질 때
바다, 네게로 달린다

바다는 소리를 만들고
나는 가사를 만들고

그 속절 음 따라 몸부림치는

이 사람아

그냥
고맙고 대견했었지

곡예사의 사랑처럼
애리애리하게
태어나
아파서
힘들어서 그랬고
힘이 없어 몸이 울고
눈물이 말라 마음이
아리도록 펑펑 그랬지

새끼 놓칠까 봐
아파 울고
어미 잃을까 봐
속울음 삼키며

칠성님께 부처님께

조왕신에 문전신에 매달리며
애면글면 그랬지
애간장 타는 가슴 핏물 되어
녹는 이 마음 누가 알까
힘든 고비 넘기느라 징하게 독하게
살아서 눈물이 나 그렇게
눈안개 서리게 아프고 아파

정오의 거리

능소화, 흐드러지고 막이
내리고 그 촘촘함과
경이로움에 반하던
정오 한 날에

중절모에 오물거리는 입술
지팡이 끌며 배낭 짊어진
아버지 닮은 노신사
허리를 굽힌다

안착했던 여정 바람결에 야윈 듯
추락한
조각 하나 틈새를 찾는다

지팡이와 배낭에 한 몸 의지하듯

척추 마디 하나
나, 를 부추기듯

이심전심으로 보듬어

주는

정오의 햇살

매끄럽게 비추는 저

울

타

리

그 촘촘함에 대하여

막걸리 한잔

추적추적 젖어 드는 일요일 아침
군상들 씻어낸다
별로 사용되지 않았던 목간통은
세월 꽃 덕지덕지 들어차고
냉기에 질려버린 바닥, 나와 상관없다는
듯
바람벽까지 빗속으로 사라져 가는 정오의
시간
서너 방울이 한 말인 양 되는 술 향에
고수레하다 남은 막걸리 한잔
닭똥집 슴덕슴덕 볶아 음복하는 맛

이 맛 괜찮아

빨강 구두

야무지게 도도했던
너와의 일탈

생각에 서성이다
떨구는 마음 넌 알아

행복했던
그
때의 기억을

남겨진 연서

추락한 것들은 말이 없다
아파도 아프지 않은 것처럼
기다릴 뿐
너희 잘못이 아니었던 것은
자명한 사실
어느 환희의 그루터기에 휩싸여
어긋나야 했었던 날들
비상을 바라는 것도 아닌
오로지 진실 앞의 응답이었을 뿐

세상엔 공짜가 없다는 것
돈으로 환산해야 한다는 것
그게 얼마로 환산해야 하는지는
각자의 '몫'이다

세상이 노래지는 아픔 속에
마음은 저리다고
분신이었던 잘못된 아리들
훨훨 날려주지 못해 안타까운 것들에 대한

낭만 고양이

대문 입구에 곱지도 않은
낙엽들이 안으로만 휘날린다
마당에는 이끼들이 침잠한 돌 벤치가 있고
닭장이 있고
그 위에 좀 더 옆 헐거운 낭* 사이로
양양이 아지트가 있다
한 번은 닭장 위에서 한 번은 낭 덮개 틈서
삼 대가 모여 낳고 크며 귀찮은 마음 쓸어주던
낭만의 가을 그 밤거리 낭만 고양이들

오늘
그 영롱하던 엊그제 눈동자가
애달픈

* '나무'의 제주어.

그, 사람

남자라면 그럴 수도 있겠다
야수가 되고 흑기사 되고픈

아직은 아닌데,
혼담의 버거움 느껴보는 시간

집안과 오가는 얘기들이
지금은 어리다는 핑계로

직장 밥줄이 달랑이던 그때

미녀와 야수 그럼에도 불구하고
'노스탤지어' 생각하며, 벽에 걸린 낙엽
한 장
향수는 행불되어, 고샅길은 시작되고

착각 속에 살았던 그녀
그래도 이것은 정말 아니다

진짜

아니다 다짐하며 멍이 진 세월

아버지 없는 서러움은 강물에다

여울지고 그

불효함이 가슴을 후빌 때

그 사람

입동

1.

이렇게 오려니
어제도 그제도 그렇게
허무하게 시리던가요
마음만 먼저 나서는
저 뱃머리
몇 시쯤에 가야
가파도에 가려나
우도에 가려나 하면서
사우봉 등대에서
뱃고동 소리만 듣다 어운만
남기길 며칠이던가요

2.

이렇게 오려고

우수수 낙엽만 떨구었나

시린 마음 달래주려

난장으로 가라 했나

그 마음 씀씀이에 오늘 모처럼

단장 곱게 하여

곱디고운

이름도 몰라 성도 모른

말해줘도 모른다며 몰라도

그렇게 살라기에

나 그렇게 어여쁜 것들

칠천 원에 입양하여

다육 다육

3.

야야 고마해라

이만 혀도 된 거 아이가

가스나 하고는

그래도 그게 아니라서
내가 살면 얼마나 더 산다꼬
좀 더 길게 보면 안 되나요

4.

쩌어기 보이소
요기 앉아서 보면
뭔지는 몰라도 예
관탈섬도 보이고 추자섬도
있다는디 난 한 번도 못 가봤어라
나와 같이 가보자는 이들은 별거
아니라 하고 자식하고 가보자니
지 살기 바쁜가 보고
할배와 가려니 친구가 좋지

늘그막에 그러면서

그렇기도 하고 말입니다

와인 잔

내 것이 커 보여

네 것이 커 보여

쪼르르 걸어 놓은

와인 잔

네 것도 내 것도

아닌 뱅쇼(Vin Chaud)

우리의 정은

볼 붉은 선율에 맞춰

쪼르르

목을 타는 그 맛

연속성은 이제부터 그렇게 가는

붉은 의식

시그널 묻어나는 밤의 향연 속

뜨겁게

AI 에어컨

우리 집 식구 하나 늘었다

냉장고 공기청정기 홈 세트 프라이팬은 홈플러스

덤으로 가는 인생 우리 열심히 살아보자

you got it (알겠습니다)

5월의 시

저희를 보세요
새들도 노래하잖아요
지지배배, 삐죽거리다
까르륵 웃기도 하고
휘파람도 날려요

저기를 보세요
휘파람 소리에 말을 걸어와요
팝 선율에 맞춰 합창하잖아요

나를 봐봐요
그대와 눈 맞춤에 마음은 더
싱그러울 거예요
더도 말고 덜도 말고 오늘
처럼요

하늘과 바다와 시가 있는
낭만의 오월

나르는 새들처럼
어버이 마음으로
스승의 마음으로
부처님 가피 물들어 보는

오월이에요

제4부
_____

어떤 울음으로
시를 지을까

오늘 점심

고구마튀김 세 조각
표고버섯 전 두 조각
노란 통닭 튀김 두 덩이와
수프리모 한잔,
그사이 커피는 밍밍

흰머리 몇 올 검붉게 물들어가는
육십칠 절 입춘 맞이

몸은

내 의지와 상관없이 퇴화한다

흐르는 물도 자기와 상관없이
밀어내고 있을 뿐

바람, 너는 누구에 의해 떠돌다
가는지

때론
바람이고 싶어, 가고
싶으면 가고 자고 싶으면 자는,
청산이 노래하듯

퇴화한다는 것은 바람의 짓,
흐르는 물을 보라 나는
유유히 있건만 물보라에 넘어져
울렁이는
불

량

중 같은

세월 흔적이 말하는

설레임

1.

링거 따라 안갯속을 헤매인다
헤맨다는 것은 또 하나의 설렘인
것
설렘인 것은 생명줄의 희망, 너와
나의 또 다른 입맞춤
붉은 해무로 싸한 물줄기 밀어 넣을 때
고요히 들썩이는 어둠의 자식, 꿈 찾아 유영하듯

2.

차들이 2열 종대 설렌다
설렌다는 것은 아직 살아 있음이다

몬테카를로의 추억처럼 못 잊을
블루스, 뿜 바 뿜 바 뿜 바*

* 가수 윤시내 노래.

백신과 조영제

어제 백신을 맞고 왔다
가슴이 조였다

오늘 조영제 맞으러 갔다
가슴이 또 조였다

많이 괜찮지 않았다
검지손에 불꽃이 생겨
1,000밀리리터 물을 부었다
괜찮지 않은 게 괜찮을 무렵
나도
손가락도 배고프다 말한다

그렇게 하루가 지나는 오늘이 지난다

아뜩한 순간

머리로 시작해 능선으로 퍼져있는 생명선들

조물주께서 점지해 준 물아일체物我一體의 한 우주
였을

어느 요람에서 아장거리다 또다시 아장거릴 세월
묻어나는 지금,

그래도 아직 아닐 것 같은 고통 미련스레 부여잡고
놔주지 못하는 고집,

그 고집 버리라며 아우성이다

맑으면 맑은 만큼 쓰리면 쓰린 만큼 또다시 밀려오
는 고통,

X-ray 빛은 앞으로 옆으로 뒤로 돌리며 기둥의 선
탐색한다

활발하게 휘날리던 물속 뼈, 앞만 보고 달리던 야
생마처럼

성취감도 기특함도 아쉬운 세월로 덮여 가는 무상
함의 피날레

그 고달픈 인생길 수리 센터에 맡겨본다

엎드린 능선 지나 허벅지로 내려진 발가락 끝 신경성,
    휘모리 치듯 조여오던 아뜩한 시간 지나 허기가 몰
리듯
    밀려드는 생명선의 신호, 이것 또한 조물주의 허락
일까

외로운 여정 3
- 해안 길 걸으며

병명도 애매모호하다는 의사의 진단
지치고 아픈 심사

바다를 끌며 올라오는
멸치나
무상함에 걷는
그녀나

매운바람에 일렁이어
천방지축
밀려든 은빛 물결들
컨테이너 화관에 몸 담고
끌려가는 모습은
바다가 내어주는 생멸
세월 따라 유영하던 너희 꿈은
어디서부터였을까

모호하게 꿈결 속 누비다

빠져나오는 붉은 돌기들의 아우성
세월 따라 잠복하던 너희 꿈은
어디서부터일까

몸이 내어주는 생멸인
대상을 포진하던

접시꽃 당신

수탉과 접시꽃의
'합의일체' 오매불망 소원하던
하얀 꽃송이

순애보처럼 파노라마 되던 날 정이가
잉태되고 오라비는 유실됐다
민이가 아들이길 소망하듯 위로하던 날

발레리노 아닌
동백으로 점지해 준 당신의 성은,
발레리나 되어

이씨 '효령대군' 손 안겨 주던
시월에
밤은
아침 아홉 시에 빛을 발하다

칩거

나는 누구?
왜 이렇게 살아야지
누구를 위한 발버둥이었지,
허한 가슴에 묻는 자문자답의 시간,

무대를 만들기 위해서
무대를 지키기 위해서

그나 나나 동질감 같은 것
그 정치나 이 구성원은 꼭 같은
마음의 짓,
나이 적음과 나이 많음의 차일 뿐
화살의 과녁은 동질감이
아니었을까

누구를 위해 종은 울리나! 라고?

막이 내리고 무대가 열리고

희극이든 비극이든 절정에

다다를

때

팬데믹 속에서 피워준 두 권의

걸작, 이것에서 막을 내리면 안

돼 안

돼

이보게 얼른 추스르고 일어나게

시요일

불이 켜진다

깜빡깜빡 네온의 밤거리

스멀스멀 돋아나는 다툼의 소리

너도 너도 빠지고 니도 빠져야

니들이 없어야 한다고

진부한 말인즉

풀어쓰기보다 함축하는 것

기둥 세우고 서까래 덮고

가지 치고 순 틔워 주고

그러면서 울림통 있어야 하니까

그러니까 철학이 묻어나는 무엇이 되니까

존재감도 그렇고, 그런 생각일 때

국문과 선배 그리고 홍일점,

순순하게 생긴 우 시인

등단하고 왔다는 말에

시향이 쏟아지던 저 소리

우린 했었지 그렇게, 별빛 그리며

이제 각자 위치에서 별 헤며 있을

아름다운 동행
- 자연과 인간의 합일*

양전형 선생님

잘 쓰인 시를 읽고 나면 한적한 들길을 걸을 때, 돌담 옆에 피어난 민들레나 봄의 들꽃을 보는 듯한 기쁨을 느낍니다. 지난해, 어디선가 '오라동 메꽃 9'를 읽고 노트에 옮겨적으면서도 같은 기쁨을 느꼈던 적이 있습니다. 어느 토담집 울타리나 마을 높직한 곳에 앉아, 마을을 굽어보는 시인의 따뜻함, 시인의 애정, 시인이 구사하는 언어의 리리시즘으로 하여금 존재의 내면을 들여다보게 하는 친숙한 목소리를 들을 수 있었습니다.

특히, 첫 행과 끝 행에 '따따따'를 장치하여 의미 구조하기보다는 음성구조의 멋과 가락을 주입시켜 멋들어지게 뽑힌 시를 읽으며, 장황하고 교훈적(?)인 말장난으로 판을 깨버리는, 그래서 쉽게 식상해버리는 시들이 많은 요즈음 대화하듯, 구술하듯 써 내려가면서도 행간에 숨어 있으며 눈물까지도 비치게 하는 뜨거운 생명성, 참 좋게 읽었습니다. 또한, 그런 저력은 보내주신 시집 속 '눈이 벌건 사내에 대하여

4'에서의 시 쓰기에 대한 시인의 끊임없는 노력과 시 쓰기에 대한 시인의 견고한 의지, 그 결과가 아니겠나 하는 생각, 합니다.

　(중략)

　자연과 인간의 합일, 제가 꿈꾸는 세계이기도 합니다.

　- 정군칠 올림

　이십오 년 전의 연서 한 장 봉인됐던 세월 풀어내던 시간

　두 분 결의에 경의를 표해본다

＊　故 정군칠 선생님의 연서.

그곳,

1.

그때는 몰랐지만 오늘은
알았다
고사리 찾던 노루손이길
금실 좋은
오~ 나기철 시인
머무는 곳

2.

평화공원 오가다
마주치는 길목

이곳에 오면
양로원이 있고 그 앞에
집과

차 한 대
농기구와 창가에 머무는
햇살과 바람 한 점이 주는
정오의 시간

3년째 기웃대다
커브를 돌리던
이곳엔
노루 손이 따다 남은
백고사리

그 쫄깃함에 젖어

소리

궁금하다

어떤 울음으로 시를 지을까

여름에서 초가을까지
수컷들은 두 날개 비비며 암컷
부른다는데
애들은 잠시 땅속 머물다 풀숲에
나와 날갯죽지 문장을 쓴다는데

소리들 베껴 쓴다
순서는 바뀌거나 말거나
살기 위해 먹기 위해 뛰기 위해
찢어지게 걸러내며
여름 나고 또 다른 봄 보내고
나면
궁금하던 여치 소리 다시 그때
쯤이면 날까

내 詩에 울음 터질 날 있으려나
그렇게

제5부

고독은
진중하게 고독을
넘는다

동백 아씨

긴 겨울
침잠에서 깨어 기지개 켭니다
그 화려함이 생이고
청춘이고
삶이었던 동백 그늘
그대와
느껴본 세월은 아니었으나
진정
잊을 수 없는 날의 기억들

한 생을 돌아보며
곤을동 길 걷습니다
흔적만 남은 당신의
안거리 밖거리 텃밭이던
자리 그 자리에서
동백 아씨
툭툭 떨군 눈물 자국
아리게

아리게 바라보다

아름 따라 발길 걸어봅니다

외로운 여정 1

어느 슬픈 날에
곤을동* 걷고 있었지

티브이 속
생생한 뉴스 떠날 줄 모를 때
그녀의 슬픔도 알게 됐어

이봐요 어디 있을까요
여기도 없나 봐요
누가 본 사람 없나요

환청으로 들려오던 저 곡두

이역만리
돈 따라 나선 가장의 최후最後가
메아리 되어

*   제주4·3 유적지.

세화리에 가다
- 금붕사

아주 오래전 길 따라 잠시 스쳐 지나던 자리, 상상도 못 했던 사연들이 쏟아져 나오는 시간이다 말로만 듣던 4·3의 흔적은 좇는 자와 쫓기던 자에 이어 숨겨 줬다는 어거지로 질질 끌려가 수십 발 총탄에 생을 마감해야 했던 스님, 내 생전 피부로 느껴보지 못했던 세월, 그 환영에 끌리듯 생생하게 귀로 눈으로 영접하는 시간이다 현재, 주지 스님 구술에 의하면 이성봉 스님의 이모 뒤를 이어 조카인 자신이 지켜나가는 '금붕사' 절, 그때 총살과 화재로 남은 것은 역사를 지켜내는 '오십 나한', 뜻은 잘 모르나 그 보존에 스님 행보에 경의를 표하며, 이성봉 스님 뻥뻥 뚫린 수십 발 흔적에, 무모하게 영계로 입적하신 스님 몸에 행여 지렁이 들까 봐 하나하나 구멍 메워 합장하던 그때 그 모습이 생생하여 부디부디 이생에 중생들 어루만지며 영면하시길 소원해 보는 그날의 넋

세화리에 가다 2

1. 다랑쉬굴

잔인한 달이었다

코로나 열풍이 나에게도 비집고 들어오고야 말았
던 사월의 초입,

한 달 내내 그 여파는 연속성이 되고 대상포진이
다시 숨통을 조이던 사월,

몇 해 전, 작가회의 진혼제에 따라나섰던 생각 들
추며 다시 가보리라 했던 다랑쉬굴, 이번 4·3제에도
묵인해야 했던 그날이 되어 사진으로 볼 수밖에 없었
던 행위의 진혼곡

다시 오월이 되어 찾아가는 현장 세화리 예술제 항
쟁, 에 걸어본다

해변에서 산속으로 숨어들어 지내야 했던 그때의
사태, 들으며 그 환영의 대열에 들었다 이유 없이 죽
음으로 몰아넣었던 다랑쉬굴 터전, 토벌대들의 무지

한 학살과 불 지름으로 숨통 조였던

할머니, 할아버지, 어머니와 삼촌들, 엄마의 빈 젖
빨던 어린 아가의 모습, 돌덩이 화덕에 의지하던 솥
하나, 뼈들의 흔적들이 고스란히 영상으로 보이던 참
사, 그 희생자는 종달리-강태용, 고두만, 고순정, 고
순환, 고태원, 박봉관, 함명립, 7명, 하도리-김진생,
부성만, 이성란, 이재수, 4명, 가족이라는 혐의로 세
화 주민 7명이 학살되어 세화리 4·3 희생자는 68명이
라는 출처, 들여다본다

2. 기억 행진으로 가다

해녀박물관에서 세화리 주재소 터-세화리 오일장
터-연두망 동산까지 이어지는 세화리 예술제-항쟁,
연이은 행진으로 몸은 아프다는 신호를 보내고 결국
마지막 연두망, 연듸망, 연두막, 이라는 동산은 아쉬
움을 뒤로하며 구좌읍 마을회관 서쪽 동산, '제주해

녀항일운동기념탑', '해녀 노래 가사비'와 최근에 세
워졌다는 해녀 3인의 흉상(부춘화, 김옥련, 부덕량) 여성,
제주의 자랑스러운 독립운동가 얘기를 들으며 걷고
걸었다

  강인한 제주 비바리 정신 떠올려보던 하루의 일정,
숭고하고 고귀한 그들의 희생정신에 묵념으로 화답
해 보는 동백 송이 육십칠 절- 세화리에 가다

사월의 시

어느 날 내 귀에 서성대던 그 말
사월이 오면 마음이 시리고 춥다는 말
사월은 잔인한 달, 이라는 어른들의 말,

내 피부로 느끼지 못했던
숨은 통각기痛覺器들이
역사적 기록에 쓰일 행적들이
아직도 술렁인다

러시아와 우크라이나 전쟁
그 무고함에
민간인들 무더기로 덮이고
화양연화 사라지는 모습 보며

그때 4·3을 읽는다

아, 피부로 느끼는 아픔들이……

제주 해녀
- 너의 숨만큼만 쉬었다 오거라

그럴게요
그때가 언제일지 모르나
그만큼만 쉬었다 갈게요

어머니도 그랬고
어머니의, 어머니도 그랬고
저 또한 그럴진대

너의 숨만큼만……

그럴게요
그때가 언제쯤일지 모르나
하던 일 후제를 위한 그만큼만 하다가 갈게요

해녀 할머니도 그랬고
해녀 어머니도 그랬고
부덕량도 그랬듯

저 또한

후제를 위하여

하던 일 선네선네* 하다가

그때면 그렇게

---

* 일을 '서두르면서 시원시원하게'라는 뜻의 제주어.

세화리에 가다 3
- 해녀 항쟁

우리 어멍 어느 바당에 강
메역국 먹엉

왜놈 시상 때문에 못 살 커라

이어도 산나 이어도 산나

가없는 우리 해녀*
어디를 갈꺼나 어디를 갈꺼나

해녀 1
물속 들어 강 숨 고웃 거리멍
아덜 뚤 공비 시키곡 멕이곡
입지곡

'아이고 성님은 막 똑똑ᄒ 여양'

해녀 2
난 메역 철이면 저 바당더레 미역 조물레 감니께
럴럴럴럴~~~
공비를 헤사 저 왜놈덜 코 납작ㅎ게 꺼꾸주게

첫째 마당이 열리고
다구치의 제주 순시가 열리고
해녀조합과 중간상인의 횡포가 있었으니

"우리 권리 우리가 촛아야지
누가 찾아 주겠나"
"우리가 뭉치믄 얼마나 무수운지
보아사주 마씸"**

'세화오일장 순시 중인 제주도사 앞을 가로막고 대
대적인 시위 벌이는 제주 줌네들'
   대한 독립 만세! 대한 독립 만세! 3창이 불러지던

오늘이 그때, 그 정월 초이튿날이었던 것이었던 것
이다

*   민요패 소리왓의 소리 마당극 '우리는 제주도의 가이없는 줌녜들'.
**   당시 하도리 야학 교사 '오문규' 님의 딸 해녀 오정순 할머니 구술로
      만들어진 소리로 보는 판굿.

자작극

일본 열도를 지나다
여기까지 왔을까

얘기 업은 어머니
오늘따라 다급히
화급 내미신다

뚜벅뚜벅 걸음 스치는
바람결 콕 찌르듯

앵글 눌러 대는
서양 낭자 낯
빛도
살얼음 되어 빨갛다

서둘러 앉고 싶던 저 벤치
청춘은 진중하게
전화 거는 건지 받는지

미련 버리고 둘레길 지나다
가드레일 기대어 한 옥타브
내리 쉰다

고독은 진중하게
고독을 넘는다

이어도로 가려나
열도로 가려나

사이렌 소리
들리고

쩌벅쩌벅

119 들것 들어
별아리로 걷는다

벤치에
윗도리와 까만 봉다리
하
나

딱!
일본 열도
인간소설 보듯

자작극

막은
내리고
다음 상황은
모르고 빈 들것은 되돌이
되어

특보
- 핼러윈 파티

국보급
용산 비상사태
선포 지정

탕 탕 탕

십 대 아우성
이십 대 아우성

짓밟히는 틈새 없이
지를 수 없는 묵념들이
멍드는 새벽 밤거리

썰물도 없이
밀물이 덮치고 덮치며
숨통 조이던 그 멍들에

이태원 데이

핼러윈 데이

공무원 전담 배치 1:1
세상천지 이게 무슨 벼락

코로나도 비켜준
금쪽같은 새끼들에

핼러윈 밤거리
출렁이는 밤거리

그게 뭐이길래 대체!

봄이다

1.

닻 내린 선착장
시그널 속 데워지던 연기는
자기 소임 다 했다고
속정 없게 닫혀버린
무정 블루스
섬 고향 궁금해지는
새들의 향연은
뭐라는지 몰라도
천국 별천지 따로 없는
바람 언덕에 앉아
그대 바라본다

2.

봄은 가고 다시 오고

배도 오면 다시 오고

나도 가면 다시 오나

어머니 등에 엎어 설레던

일렬종대

미끄러지듯 터미널

안

착

일곱 빛깔 무지개

연서에 날려본다

3.

이처럼 아프고 아픈 봄맞이

다시 없기를

코로나에 시달리는 별들,

전쟁에서 산화하는 별들이여

한라산 새우

한라산 휘돌아
뱃길 따라 삼백 리라 했던가
새우 등 터질세라
하늘 따라왔었나
이놈 신세 코로나가 뭐이길래
저 수평선 마다할꼬

흐른 땀 한숨 비워 한잔 술 기울여 보지만
허허로운 마음 씻어낼 길 없었던가
등에 얹은 새우만 까였네
딱 한잔 먹다 만 한라산 새우
배가 떠났는지 임이 떠났는지

그대 기다리며 떨고 있는

모충사

- 돌탑 타임캡슐

사라봉 길
긴 시간 동안 묻어 지낸 세월
주변은 덧없이 무던히 다니면서
여기, 오늘 처음으로 와본다
그 숱한 세월 동안 왜 그랬을까
묵묵히 다녔을 뿐인데
이럴 수가 있었나
그럴 수도 있겠지
내가 나에게 말하고 답하며
내가 나에게 질책을 느끼며

의지와 상관없이 발걸음은 더뎌지고
첫 돌 넣기는 노인께서 자처하신다는데
그저 그냥 어른이 아니었을

2001년 1월 1일 묻어둔 역사 타임캡슐
3001년 1월 1일
그때면 알 수 있을까

까무룩한 세월 천년

연서에
부치는 글

연서

- 아버지의 딸

아버지, 내가 어머니 배 속에 있을 때, 돌담과 흙으로 집을 짓고 아버지 나를 보듬던 세월 한 5년, 짧은 세월이지만 새록새록 떠오르는 추억들, 지금까지 그 추억 먹으며 살고 있답니다.

아버지 생각나시나요. 큰아버지와 식사하던 날, 아버지 무릎에 앉아 큰아버지 수저 입으로 들어가는 모습 처다보던 기억, 그리고 사촌 오라버니 불러다 아버지가 글 가르쳐 주던 모습, 태둥이로 약하게 태어나 바람에 날아갈까 걷다가 무릎 까질세라 애면글면하며 보듬어 주시던. 또 어느 날에는 동생 등에 업고 내 손 잡아 밭일 가신 어머니 기다리며, 마당 앞 올레에서 원당봉 자락에 살레칭 춤웨 밧 서리꾼 다울리던 아버지 목소리. 언제는 굴묵에서 키우던 어미닭 한 마리 잡아 닭백숙 만들어 먹이던 아버지의 숨결이 내 가슴 한쪽에서 늘 콩닥인다는 것을 느끼며, 유년 시절에서 지금까지 살아오며 안개 낀 날이면 하얀 안개꽃 한아름 안고 저 너머에 아버지 계실까 실낱같은 염원 담고 헤매곤 했답니다.

아버지, 살다 보니 한세상 반백 년이 넘어 칠십 곱
절 가깝다 보니 난생처음 역병이라는 것도 겪었습니
다. 그때는 정말 눈앞이 아찔하게 숨통이 멎는, 뭐라
말할 수 없는 단계에 처해 있기도 했던 날이었습니
다. 다행히 역병도 사그라들어 원만해지는 것 같아
이제는 덤으로 살아가는 삶에 무게 조금씩 비우며 살
아야 할 때인 것 같아, 마음만 급속해지는 아쉬움이
더 느껴지는 세월이라는 걸 알 것 같습니다.

천상에 계신 아버지, 어린것들 남겨 놓고 가시는
발걸음은 어떠셨는지요. 친구 가는 길에 벗 삼아 달
라시는 요청 거절하지 못하셨다는 우리 아버지, 요
단강 건너며 맥 놓으시던 발걸음 얼마나 무거웠을까
요. 어린것 얼굴도 못 보고 가는 걸음, 어린것들 눈에
밟혀 가시는 걸음걸이 애간장 녹았을 아버지. 그래
도 산 사람은 살아진다는 얘기, 살다 보니 알아가게
되었습니다. 살아가면서 외로움과 아득한 일들 가시
밭길도 있었지만 아버지 딸이라서 용기를 내며 여기
까지 왔습니다.

아버지, 아버지 손수 지은 우리 보금자리던 초가 집, 나중에는 슬레이트 지붕으로 바뀌고 시가지 도로로 행정구역 나뉘면서 집터만 조금 있답니다. 이제 나와 막내 아, 눈이 커서 슬픈 '꽃다지' 언니와 눈망울이 아꼬운 애기 막냉이와 어머니, 천상에서 함께 잘 있지요. 여기에 있는 큰 년도 세월 앞엔 장사가 없는 것 같습니다. 셋년도 죽은년도 같은 세월을 느끼며 살고 있습니다만 그래도 아직 할 일이 좀 더 남아 있어서 또 오늘을 삽니다. 선비의 기질로 태어나신 아버지처럼 사랑해 주시던 이 딸도 아버지 닮은 딸이고 싶어 오늘도 마음을 모아 봅니다.

아버지, 나 조금만 더 힘을 내 살아볼게요. 막내 놈도 아직 그대로이고 다른 애들은 그래도 그냥저냥 살아가는데. 참, 아버지 말젯년 아이덜은 장가 다 보내어 이제 곧 손자 볼 것 같습니다. 이생에서는 서로 못 보며 살았을지언정 그곳에서 저희들 잘 보살피고 있다는 걸 느끼며 알기에 아버지, 이 딸 천상으로 보낸 흔적들 잘 보셨지요. 아버지 지은 옛터 '원당사' 바라보며 고온단 위에 고이 얹어 자랑하던 사랑하는 아버지 딸, 지금까지 가슴에 달아드리지 못한 카네이션이라 생각하며, 이번 2024년 5월, 어버이날 맞으며 다시 세 번째 시집, 하얀 안개꽃 한아름 아버지께 올립니다.

연서 戀書

2023년 5월 8일 초판 1쇄 발행

지은이   김항신
펴낸이   김영훈
편집   김지희
디자인   부건영
편집부   이은아, 김영훈
펴낸곳   한그루
             제주특별자치도 제주시 복지로1길 21
             전화 064-723-7580   전송 064-753-7580
             전자우편 onetreebook@daum.net 누리방 onetreebook.com

ISBN 979-11-6867-166-9 (03810)

이 책은 제주특별자치도와 제주문화예술재단의
2024년 제주문화예술재단 지원사업 후원을 받아 발간되었습니다.

값 10,000원